– Pour Nausicaa.
O. W.

Père Castor ■ Flammarion

Éditions Flammarion — 87, quai Panhard et Levassor, 75647 Paris Cedex 13 — ISBN : 978-2-0812-0994-7 — www.editions.flammarion.com
Imprimé en France par Pollina S. A. 85400 Luçon - n° L46193— 03/2008

Ce matin-là, assis sur un tapis à l'ombre d'un palmier,
Nasreddine boit du lait de chamelle saupoudré de cannelle.
Mustafa, son père, l'appelle :
– Nasreddine, va sortir l'âne de l'étable, nous allons au marché.
– Ton ordre est sur ma tête et dans mes yeux, répond le petit garçon qui enfile ses babouches et remet en place son bonnet.

Puis Nasreddine conduit l'animal jusqu'à son père.
Tous deux attachent sur la croupe de la bête un grand panier rempli de dattes.

Mustafa s'installe sur l'âne, et Nasreddine marche derrière.
Le chemin est encore bourbeux de la dernière pluie,
et le garçon enlève ses babouches pour ne pas les salir.

Près de la porte de la ville,
Nasreddine et son père croisent un vizir
sur un magnifique cheval arabe.
En apercevant Mustafa,
le vizir déclare aux gens de sa suite :
– Regardez qui s'amène !
Un gros homme qui se prélasse
et qui fait patauger son propre fils
dans la crotte !

D'un ton tranquille, le père répond :
– Son excellence m'écorche les oreilles.

Mais Nasreddine change de couleur.
Son cœur est rempli de honte
qu'on ait osé se moquer d'eux,
et il voit le monde en noir.
– Je rentre à la maison, dit-il. Je suis fatigué.
– Déjà ? s'étonne Mustafa.
– Comme cela, on ne se moquera plus de nous !

Son père rit et déclare :
– Fais selon ta fantaisie.

La semaine suivante, Nasreddine tond la laine des moutons
qui souffrent de la chaleur depuis l'arrivée du printemps.
Les bêtes remuent pour éviter la brûlure du rasoir,
et le petit garçon fait bien attention de ne pas écorcher
leur peau rose et délicate.

Quand il a terminé, il ramasse les flocons de laine dans un sac volumineux.
Le père s'approche.
– Tu as bien travaillé, mon fils. Va chercher l'âne, maintenant,
nous allons porter la laine chez les tisserands.
– Ton ordre est sur ma tête et dans mes yeux.

Lorsqu'il revient avec l'animal,
Nasreddine boite.
– Je me suis tordu la cheville, explique-t-il.
– À l'instant ? En traversant la cour ?
– Oui, dit Nasreddine en baissant les yeux.

Mustafa a un sourire malicieux.
– Si tu souffres en marchant,
mieux vaut que tu t'asseyes sur l'âne.

Nasreddine prend le bas de sa robe
avec ses dents, et s'installe sur le baudet.
Il est content de sa ruse.
On ne se moquera pas de son père
qui marche tranquillement,
coiffé de son beau turban.

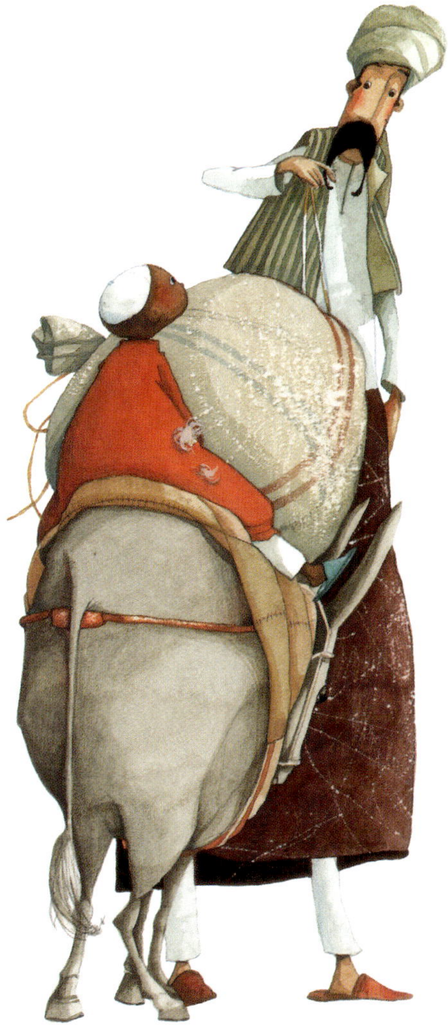

Le chemin est caillouteux le long de la rivière.
Au bruit des sabots, les femmes qui lavent leur linge se retournent.
Certaines éclatent si fort de rire qu'elles en tombent à la renverse.
La plus vieille grommelle :
– Voilà comment marche le monde aujourd'hui.
Ce sont les enfants qui se prélassent sur les bêtes, et les vieux qui marchent à pied.
Les pères n'ont plus d'autorité.
– Tu as raison, dit une autre. On ne respecte plus les gens âgés.
– Comme si on ne pouvait pas être deux sur un baudet, ajoute une troisième.

Mustafa garde son calme, et lance d'un ton sévère :
– Femmes, têtes fêlées, vous m'écorchez les oreilles.

Mais Nasreddine rougit sous l'offense et,
un peu plus loin, glisse jusqu'au sol.
– Je vais rentrer à la maison,
j'ai oublié de fermer l'enclos des moutons ! dit-il.
Son père sourit avec malice.
– Tu n'as plus la cheville tordue ?
– Non, non, elle s'est réparée toute seule.
– Alors fais selon ta fantaisie.

3 Km

Quelques jours plus tard, dans la basse-cour,
Nasreddine poursuit une poule.
Pour lui échapper, celle-ci court sur ses petites pattes,
et bat des ailes en caquetant.
Nasreddine la saisit par le cou et l'enferme dans une cage d'osier.
– Ma jolie, ma belle, tu vas faire une grande promenade jusqu'au marché.
Je vais t'apporter de la compagnie pour que tu ne t'ennuies pas.

À petits pas, il s'approche d'un autre volatile bien dodu.

Après avoir rempli la cage de cinq poules et d'un coq,
il se dirige vers la maison où l'attend son père, et lui dit :
– Aujourd'hui, il fait très chaud. Ce sera épuisant de marcher.
Montons tous les deux sur l'âne.

Mustafa sourit malicieusement.
– Faisons comme tu le proposes.

À nouveau l'âne parcourt les sentiers.
Il porte sur son dos le fils, le père, et les poules et le coq dans leur cage.

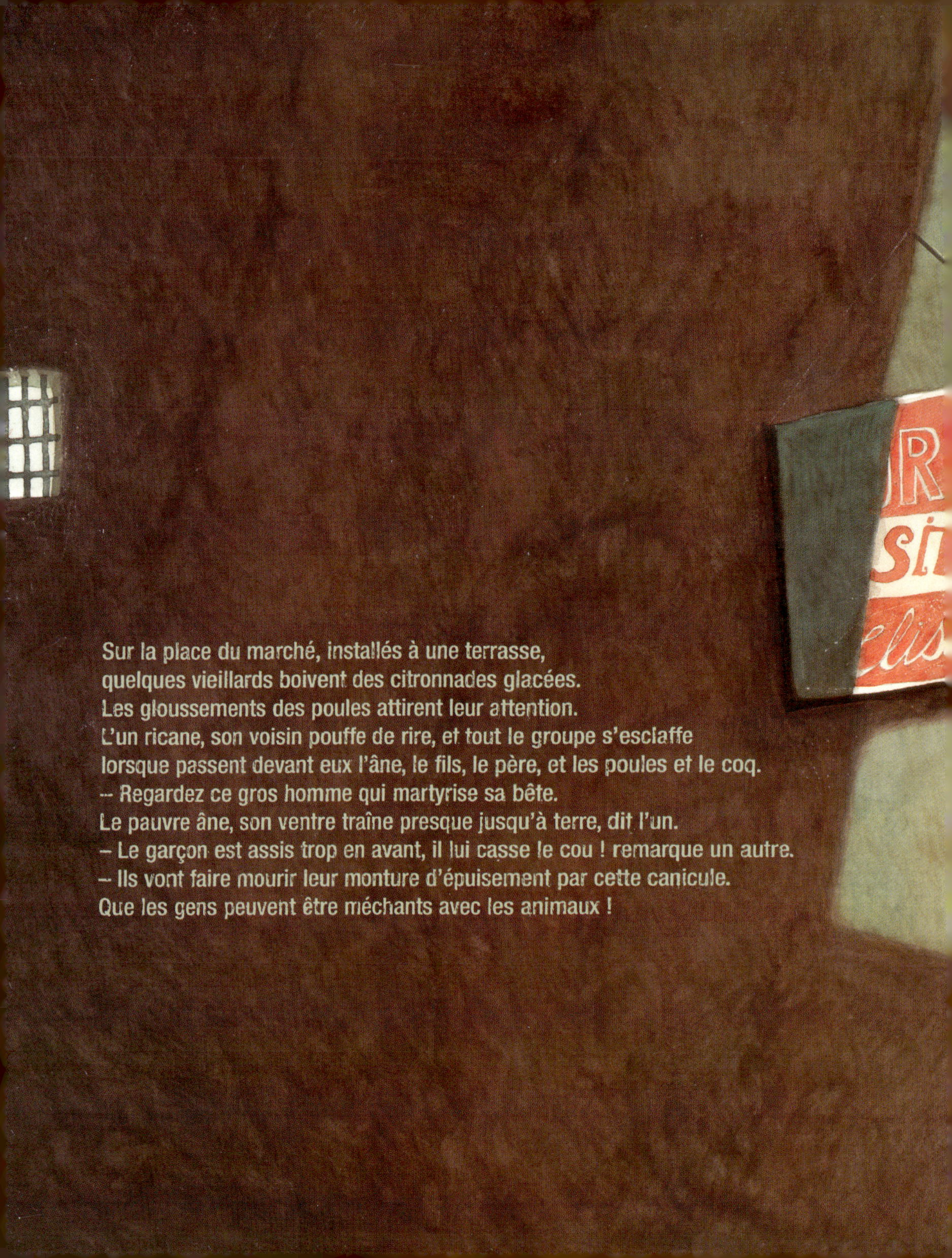

Sur la place du marché, installés à une terrasse,
quelques vieillards boivent des citronnades glacées.
Les gloussements des poules attirent leur attention.
L'un ricane, son voisin pouffe de rire, et tout le groupe s'esclaffe
lorsque passent devant eux l'âne, le fils, le père, et les poules et le coq.
– Regardez ce gros homme qui martyrise sa bête.
Le pauvre âne, son ventre traîne presque jusqu'à terre, dit l'un.
– Le garçon est assis trop en avant, il lui casse le cou ! remarque un autre.
– Ils vont faire mourir leur monture d'épuisement par cette canicule.
Que les gens peuvent être méchants avec les animaux !

50
Tea
4,20π

Mustafa garde son calme.
– Taisez-vous, vieux radoteurs, vous m'écorchez les oreilles.

Et ils continuent leur chemin.

Dès qu'il a perdu de vue les vieillards,
Nasreddine remue sans cesse sur l'âne.
– Que se passe-t-il ? s'inquiète son père.
– J'ai des fourmis dans le derrière. Il vaudrait mieux que je descende, et que je rentre à la maison.
– Des fourmis sur un âne, c'est rare, remarque son père en souriant. Mais si tu le souhaites, alors fais selon ta fantaisie.

HAYAT
300

La semaine suivante, Nasreddine pense avoir trouvé la bonne solution pour cheminer.
– L'âne est fatigué, déclare-t-il en apportant un grand sac rempli de pastèques. Il avait l'air abattu ce matin, et il a refusé les herbes que je lui proposais.

– Comment allons-nous faire pour vendre nos fruits au marché ? demande son père d'un ton innocent.

Le fils, embarrassé, propose :
– Nous pourrions marcher derrière lui,
comme cela il ne portera que les pastèques.
Ce sera moins lourd.
– C'est une bonne idée, déclare Mustafa
avec son sourire malicieux.

L'âne trottine d'un bon pas, tout réjoui d'être si peu chargé, tandis que Mustafa et Nasreddine peinent à le suivre.

Sur le chemin, un petit garçon avance à côté d'eux, en les regardant d'un air moqueur.
Un peu plus loin, un deuxième petit garçon rejoint le premier, puis un autre, et un autre encore.
Bientôt ils forment un petit groupe, qui s'amuse en regardant l'âne et ses propriétaires.
– Qu'est-ce qu'ils ont à rire bêtement ? demande Nasreddine.
– Rire est de leur âge, répond Mustafa de sa belle voix tranquille. Continuons.

Mais une petite fille interroge les enfants moqueurs d'une petite voix pointue :
– Pourquoi ces deux-là préfèrent-ils se fatiguer plutôt que de fatiguer leur âne ?
– Ce sont des imbéciles, répondent les garçons.

Nasreddine sent son cœur tomber jusqu'à ses pieds.
Il devient rouge comme un poivron, et il s'enfuit.

Pendant plusieurs jours, Nasreddine réfléchit.

Lorsqu'arrive le jour du marché,
il conduit l'âne à son père en déclarant :
– Père, j'ai trouvé la solution
pour aller au marché
sans qu'on se moque de nous.
Nous porterons l'âne.

Mustafa sourit.
– Tu perds ton bon sens, mon fils.
Ta proposition est absurde.
Jusqu'ici je t'ai laissé agir selon ta fantaisie,
mais aujourd'hui tu dois comprendre ton erreur.
– Je n'ai pas fait d'erreur. J'ai écouté tout le monde.
– C'est justement là ton erreur. Les gens, s'ils en ont envie,
trouvent toujours une raison de se moquer et de critiquer.
Dans ce cas, que doit-on faire à ton avis ?
– Ne pas les écouter, bafouille Nasreddine,
si confus que des larmes lui montent aux yeux.
– Exactement. C'est à toi de décider
si tu entends des paroles remplies de sagesse
ou de sots et méchants bavardages.

Nasreddine lève son visage vers son père
et déclare d'un ton triomphant :
– J'ai compris. Il ne faut pas craindre
les jugements des autres.
Ni avoir peur du ridicule.
– Je suis heureux que mon fils,
la flamme de mon cœur,
sache si bien raisonner.